DAS

HOCHHAUS

KATHARINA GREVE

102 ETAGEN LEBEN

avant-verlag

KATHARINA GREVE, 1972 in Hamburg geboren, studierte Architektur an der TU Berlin. Ihre Comics und Cartoons schwanken zwischen humorvoller Skurrilität und kritischer Satire und sagen manchmal sogar einen Papst-Rücktritt voraus. Sie erscheinen u. a. in *DAS MAGAZIN, Titanic, stern* und *taz.*
DAS HOCHHAUS ist Greves vierter Comic-Band. Ihr Debüt *Ein Mann geht an die Decke* wurde 2010 mit dem ICOM Independent-Comic-Preis für „Herausragendes Artwork" ausgezeichnet. Im selben Jahr bekam sie den Deutschen Cartoonpreis und 2013 den Sondermann-Förderpreis für Komische Kunst. 2016 erhielt sie den Kunstpreis „Der freche Mario" und für *DAS HOCHHAUS* den Max und Moritz-Preis in der Kategorie „Bester deutschsprachiger Comic-Strip".

www.katharinagreve.de

HOUSEWARMING

Mehr als zwei Jahre habe ich mit den Bewohnerinnen und Bewohnern des Hochhauses verbracht. Wir haben zusammen gekocht, geputzt, gestritten, gelacht, den Müll nicht runter gebracht und den Abwasch stehen gelassen. Einige mag ich wirklich gern, andere sind mir extrem unsympathisch. Wichtig ist mir jedoch jeder auf seine Art. Jetzt ist der Bau abgeschlossen, alle Etagen bezogen, das Dach betoniert. Die Menschen und ihre Leben werden mir fehlen – aber ich kann sie ja täglich besuchen, in diesem Buch oder im Internet. Kommen Sie mit. Sie müssen noch nicht einmal klingeln, sondern nur blättern.

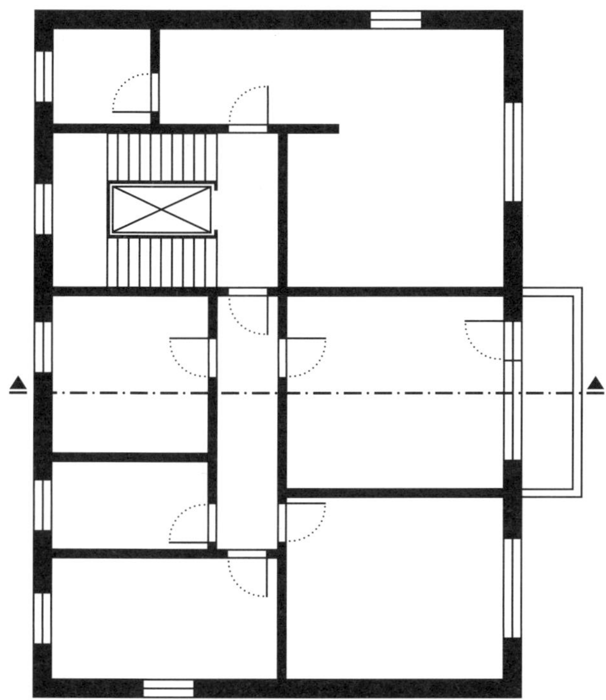

PS: WARUM GIBT ES IN DER KÜCHE EIGENTLICH KEINE SPÜLE?

Das war die meist gefragte Frage zu Beginn des Online-Bauprojektes. Dazu meine Antwort als Fachfrau: Das Spülbecken liegt in allen Etagen an der Wand, die weggeschnitten ist, damit man in die Küche hineinsehen kann. Der kleine Nachbarraum ist das Bad, die Wasser- und Abwasserleitungen verlaufen in der Wand zwischen diesen beiden Zimmern. Leitungsschächte nehmen Platz weg und sind teuer, darum wird beim Bau darauf geachtet, dass sie für mehrere Räume genutzt werden können. Schon für dieses Wissen haben sich meine 15 Semester Architekturstudium gelohnt!

KG
Wie schon Goethe sagte: „Mehr Licht!", blöde Kuh!
Wenn ich ihn JETZT umbringe, wären sogar seine letzten Worte abgedroschen!

17. OG

16. OG

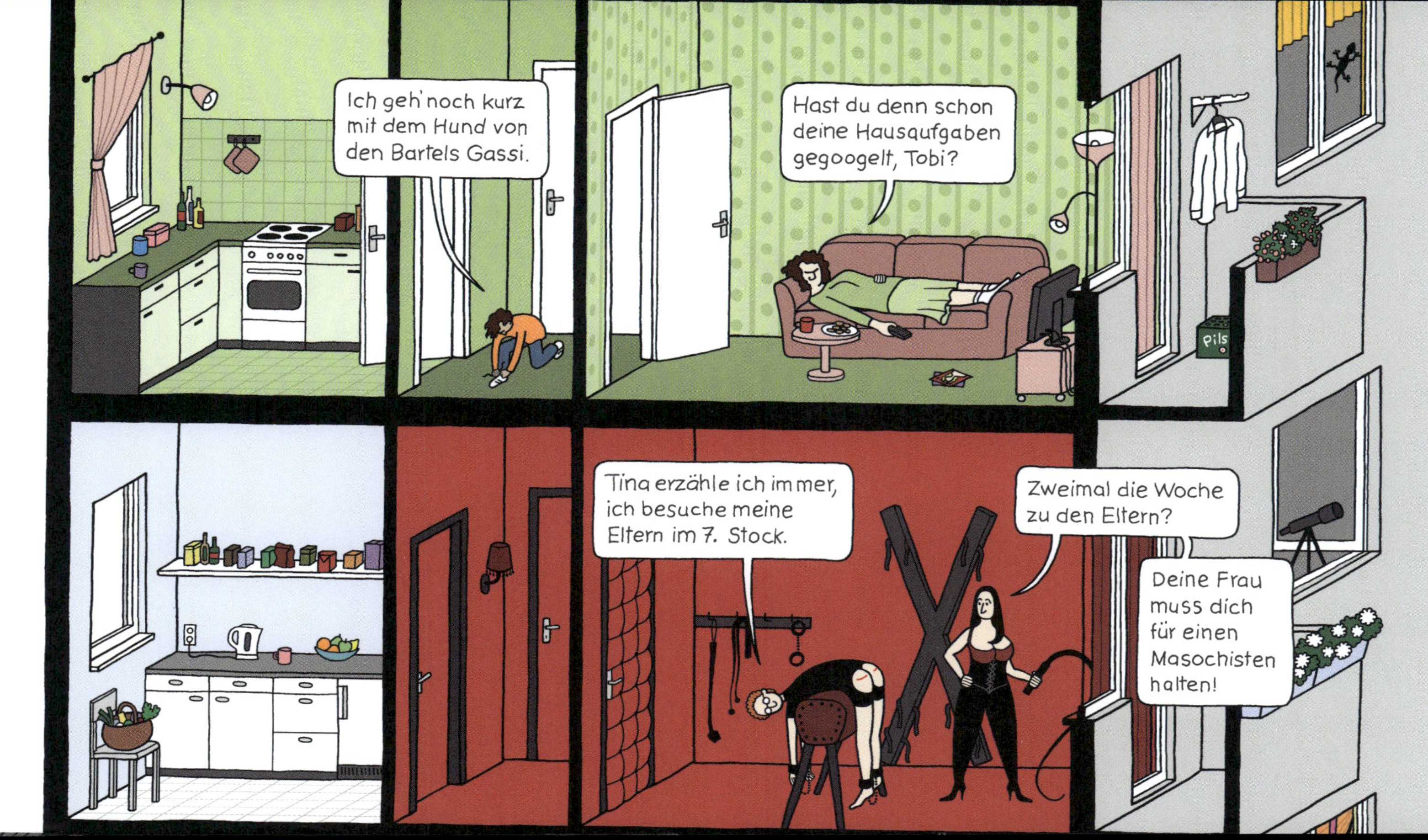
Ich geh' noch kurz mit dem Hund von den Bartels Gassi.
Hast du denn schon deine Hausaufgaben gegoogelt, Tobi?
Pils
Tina erzähle ich immer, ich besuche meine Eltern im 7. Stock.
Zweimal die Woche zu den Eltern?
Deine Frau muss dich für einen Masochisten halten!

19. OG

Puh! Endlich fertig mit dem Ausmisten.

Jetzt noch das elende Geschleppe zum Müllcontainer!

Wir stellen das einfach der irren Kucharsky vor die Tür. Fällt gar nicht auf!

18. OG

Mutter, könntest du nicht etwas Platzsparendes sammeln? Briefmarken vielleicht?

Die sind in den grünen Säcken.

01. OG
Da machen schon wieder irgendwelche Flüchtlinge 'nen Hungerstreik.
Hungern können die auch da, wo sie herkommen!!!
Tock
Tock
Hilfe, Frau Böhm! Meine Eltern! Ich brauche politisches Asyl!
EG
Diesmal für Mutlus im 5.
Ich bin ganz sicher, dass die zu Hause sind.
Nicht nörgeln! Bald machen das Drohnen ...
... und wir haben gar keine sozialen Kontakte mehr.
Pils

03. OG

Was für ein Drecksloch!

Heul doch, du Loser!

Andere haben wenigstens unsichtbare FREUNDE!

02. OG

Hui, das war der schnellste Postbote, den ich je gesehen habe.

Die Ärmsten haben ja auch solchen Zeitdruck!

Kein Wunder, dass niemand mehr eine Affäre mit dem Briefträger hat.

Seufz

05. OG

Paket? Ist bestimmt bei den Möllers ganz unten gelandet.

Bäh! Da riecht's immer so muffig!

Meine kleine Alev, merke dir: Wer seine Nachbarn nicht mag, der kaufe analog ein!

Tipp Tipp

04. OG

Nein, die Wohnungsbesichtigung ist im 8.

Ah, danke.

Schöne Tapete! Wollen SIE zufällig auch ausziehen?

07. OG

06. OG

Da wohnt man mit dem Sohn in EINEM Haus – aber NIE besucht er uns!
Vermutlich hat Peter das Gefühl, er sei hier immer schon da.
Warum machen diese Selbstmord-attentäter das?
Vielleicht, damit sie sich diese Frage niemals selbst stellen müssen ...
... Tote bei Anschlägen in ...

09. OG

Überall das Licht an – am hell-
lichten Tag! Schon mal an das
Klima gedacht?!? Steigende
Meeresspiegel und so?!?

Ach Papa,
wir wohnen
im 9. Stock!

08. OG

Interessenten füllen
diesen Bogen aus!

So sieht es also aus, wenn ein Makler von
einer „Wohnung mit Potenzial" spricht.

11. OG

Alles notiert.
So, wir müssen noch zu den Krauserts unter Ihnen. Die haben auch einen Einbruch gemeldet.
Das ist ja FÜRCHTERLICH! Jetzt habe ich etwas mit denen gemeinsam!!!
Tatsache: Die Einbrecher haben NICHTS mitgenommen!
Oh Gott, was sollen nur die Nachbarn denken?!?

10. OG

13. OG

Das war gerade die Peggy. Die will das Zimmer jetzt doch nicht, weil unsere Wohnung im 13. Stock liegt.

Pah! Diese Amis sind so krass abergläubisch, wenn sie Sternzeichen Fische sind.

12. OG

Spielst du mit mir?

Wie schwer ist das Internet?

Gehen wir in den Park?

Wie riecht Popel?

Wann kommt er endlich in die Null-Bock-Phase?!?

15. OG

14. OG

Wenn du nicht bald stirbst, lasse ich mich scheiden.
Wollte Tobi von oben nicht mit dem Hund raus?
Ja. Aber die gehen erst, wenn die Töle was Lustiges für Facebook gemacht hat!
Krrr
Fiep!
You're face to face
With the man who sold the world

29. OG

28. OG

Opi, wusstest du, dass alles, was man mit Atomstrom kocht, radioaktiv wird?
Schluck!
Natürlich ist das nicht fair! Aber mir hat er aus Erziehungsgründen früher auch viel Unsinn erzählt.
Triffst du eigentlich den Niklas aus dem 24. noch?
JA! GENAU JETZT!
TSCHAKKA!!!
RATATATA

31. OG

30. OG

Laura-Sophie, bringst du jetzt ENDLICH das Altpapier runter?!?
Mach' ich ja, mach' ich ja.
Echt? Du hast ein Date mit DER Julia aus dem 35.? Schick dein Telefon, das ist smarter als du.
Dübel

21. OG
WAS?!? Papi ist HIER im Haus unterwegs???
Das ist doch total bekloppt, bei den eigenen Nachbarn einzubrechen!!!
Er hat sich halt schon immer einen kurzen Weg zur Arbeit gewünscht.
20. OG
Spatzi, der neue Chichi de luxe Kombi-Kinderwagen in hippen Trendfarben ist endlich da!
Dann kann ich ja jetzt die Pille absetzen!

23. OG

22. OG

NA, DANN GEH DOCH ZU DEINEN FLÜCHTLINGEN, WENN DU DICH LIEBER UM DIE ALS UM DEINEN DEUTSCHEN EHEMANN KÜMMERN WILLST!!!
ICH WEISS NICHT, WARUM ICH DICH GEHEIRATET HABE! ABER ICH WEISS, WARUM ICH MICH SCHEIDEN LASSE!
Aha! Auch bei den Meiers bringt die Flüchtlingskrise nur ans Licht, was schon vorher da war …
JETZT stehen alle Möbel perfekt!
Aber wie kommen wir hier wieder raus?

25. OG

24. OG

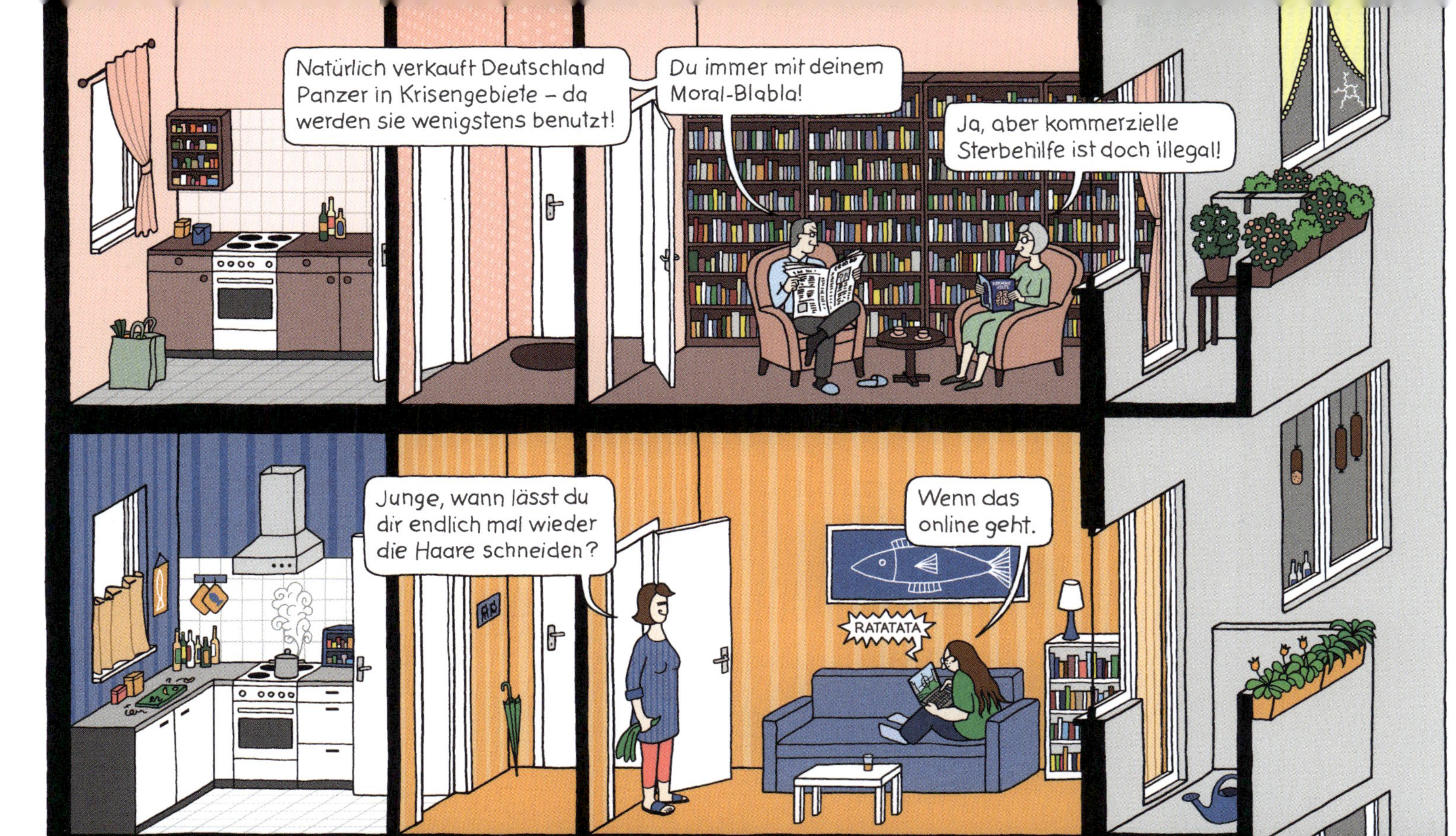

Natürlich verkauft Deutschland Panzer in Krisengebiete – da werden sie wenigstens benutzt!
Du immer mit deinem Moral-Blabla!
Ja, aber kommerzielle Sterbehilfe ist doch illegal!
Junge, wann lässt du dir endlich mal wieder die Haare schneiden?
Wenn das online geht.
RATATATA

27. OG

26. OG

Ich verbinde Sie mit dem nächsten freien Mitarbeiter.
Das Beschäftigungsverhältnis Ihres Personals interessiert mich nicht!
Grrr!
Soso, ein großes Haus wünscht sich der Herr also?!?
Und wer soll das putzen? Du machst ja schon hier nie sauber!
Die Herausforderung ist mir einfach zu klein.

33. OG

32. OG

Du hast unsere Tochter bei dieser Castingshow angemeldet?!? Aber sie kann doch gar nichts!!!
Dann müssen nicht WIR ihr das sagen ...
Praktisch, dass dein Mann zweimal die Woche runter in den 7. fährt, um seine Eltern zu besuchen.
Düdeldü
Damit das so bleibt, koche ich auch extra schlecht.

35. OG

34. OG

Was?!? Du triffst dich mit diesem Schlaffi aus dem 30.? Der ist doch irre langweilig!
Das ist meine Form der Meditation.
Herr Ludwig, Sie brauchen mir nichts zu vererben. Ich bin Ihre Pflegerin. Das ist mein Job.
Doch! Dann kann ich Sie bei Bedarf enterben!
OPEN

37. OG

Tim? Der ist auch Atheist - aber eher aus Phantasielosigkeit.

36. OG

WAS MACHT IHR DA???

Wir versuchen, dieses blöde Wand-Tattoo wegzulasern.

39. OG
Schatz, wir sollten öfter miteinander reden …
Dubel
38. OG
Milch ist alle. Vielleicht hat Linda oben noch welche?
Linda ist seit zwei Monaten tot. Das macht sie zwar amüsanter – aber Milch kann sie uns nicht leihen.

41. OG
Mutti, sei nicht so ungeduldig. Deine Pflegerin ist bestimmt noch beim Herrn Ludwig im 34. 
Pfff! Der lohnt doch den Aufwand nicht mehr!
40. OG
Du hast die Schokolade ganz nach oben in den Schrank getan? Warum?
Die Bewegung tut ihm gut.

43. OG

42. OG

Einmal Margherita.
Danke. Übrigens: Wir würden gern mit Ihnen über Gott sprechen.
Herrje, wir sind Zeugen Jehovas, die sich nicht aus dem Haus trauen. Langsam wird das teuer …
Wenn die Bundeswehr öfter im Inland eingesetzt wird, dann kann sie nicht mehr so viel im Ausland unterwegs sein.
Das muss euch linken Spinnern doch gefallen!
Diesen Unsinn traut sich unser Sohn auch nur, WEIL wir Pazifisten sind …

45. OG

Bei dir ist eingebrochen worden und du willst NICHT die Polizei rufen?!?
Der Kitsch von meiner Oma ist weg – ich müsste mich bei den Einbrechern bedanken!

44. OG

Mami, warum sterben in Kindergeschichten immer am Anfang die Mütter?
Weil die Väter niemand vermissen würde.

47. OG

46. OG

Mutter! Das ist doch keine Puppe!
Für deine Felina schon.
Gagaga
Steinzeit-Diät? Was ist das denn wieder für ein Unsinn? Dino-Steaks, oder was?!?
Die waren damals schon ausge-storben, du Ignorant! Ich besorge jetzt einen Mammut-Braten.

49. OG

48. OG

... bin so schlapp.
Muss mehr Sport machen.
Muss den Heimtrainer aus dem Keller holen.
Aber der ist so schwer und ich ...
Pils
Wo bleibt denn euer Vater?!? Ich brauche JETZT den Porree zum Kochen!
Und an sein Handy geht er auch nicht!
Sagen wir ihr, dass er bei dieser Tussi im 32. ist?
Warum nicht? Das wird interessanter als das Fernsehprogramm heute Abend.

51. OG

50. OG

Über 100 Jahre Emanzipation – und dann das ...
Ich bin eine rosa Prinzessin!
Ich bin eine rosa Fee!
Ich bin eine rosa Feenprinzessin!
Du hast nicht nur Oli und Joe heute zum Essen eingeladen – sondern auch die Nowaks aus dem 62.? Tanja, WARUM DAS DENN?!?
Reine PR: Das sind die einzigen Leute, die wir kennen, die ihr Essen IMMER NOCH auf Facebook posten.
Grrr!

53. OG

Nicht vergessen: Wir sind heute unten bei Tanja und Jens eingeladen.
Sie haben sich übrigens eine Nudelmaschine angeschafft.
Oh Gott, Joe, die wird in deren Händen zu einer Waffe!
WAS?!? Oben bei Doris ist heute der Nacktputzer, den WIR ihr spendiert haben – und sie lädt uns NICHT ein?!?
Sie meinte, wir krümeln gleich wieder alles voll.

52. OG

55. OG

54. OG

Mein Job als Nacktputzer gefährlich? Aber ja! Bei DEN gefährlich schönen Frauen!
Frauen??? Wegen der vielen Haushaltsunfälle!
Du musst mehr lesen, Junge! In jedem Buch steckt eine ganze Welt!
Omi, mir ist ja schon diese zu viel!
TRENCH COAT
KID

57. OG

56. OG

Aber Herr Scholz! Kohle und Öl sind doch keine erneuerbaren Energiequellen!
Euch jungen Leuten fehlt nur die nötige Geduld!
Trotz unserer Zweitjobs reicht das Geld hinten und vorne nicht!
Suchen wir uns Drittjobs. Freizeit können wir uns eh nicht leisten.

59. OG

Konzentrationsschwäche, Müdigkeit, trockene Haut, die zu Falten neigt ...

Oje, habe ich etwa eine Zeit-Allergie?

58. OG

Keine Zeit. Muss SCHON WIEDER mit meinen Eltern 'ne Katastrophenübung machen.

Gut, dass die Politik gerade jetzt weltweit immer verrückter wird.

Denn wenn nicht bald eine ECHTE Katastrophe passiert, verliert unsere Tochter noch ihr Grundvertrauen in uns.

Konserven Fleisch

Konserven Gemüse

Konserven Fleisch

Konserven Gemüse

61. OG

60. OG

Ihr schenkt euch NICHTS?!? Na, das wird ja ein günstiger Hochzeitstag!
Nee. Es muss das gute Nichts von Manufactum sein.
Ich treibe in einem Meer aus Wahnsinn, geklammert an eine Planke der versunkenen Vernunft!
Im Büro war's heute nicht so gut?

63. OG

62. OG

WAS? LISA? BABYSITTEN? Aber das hat sie doch noch nie gemacht!
Eben. Besser sie übt am Nachbarskind, als am eigenen Brüderchen.
Wir gehen dann gleich runter in den 50. Wenn etwas mit dem Kleinen ist, sag einfach Bescheid.
Bescheid.

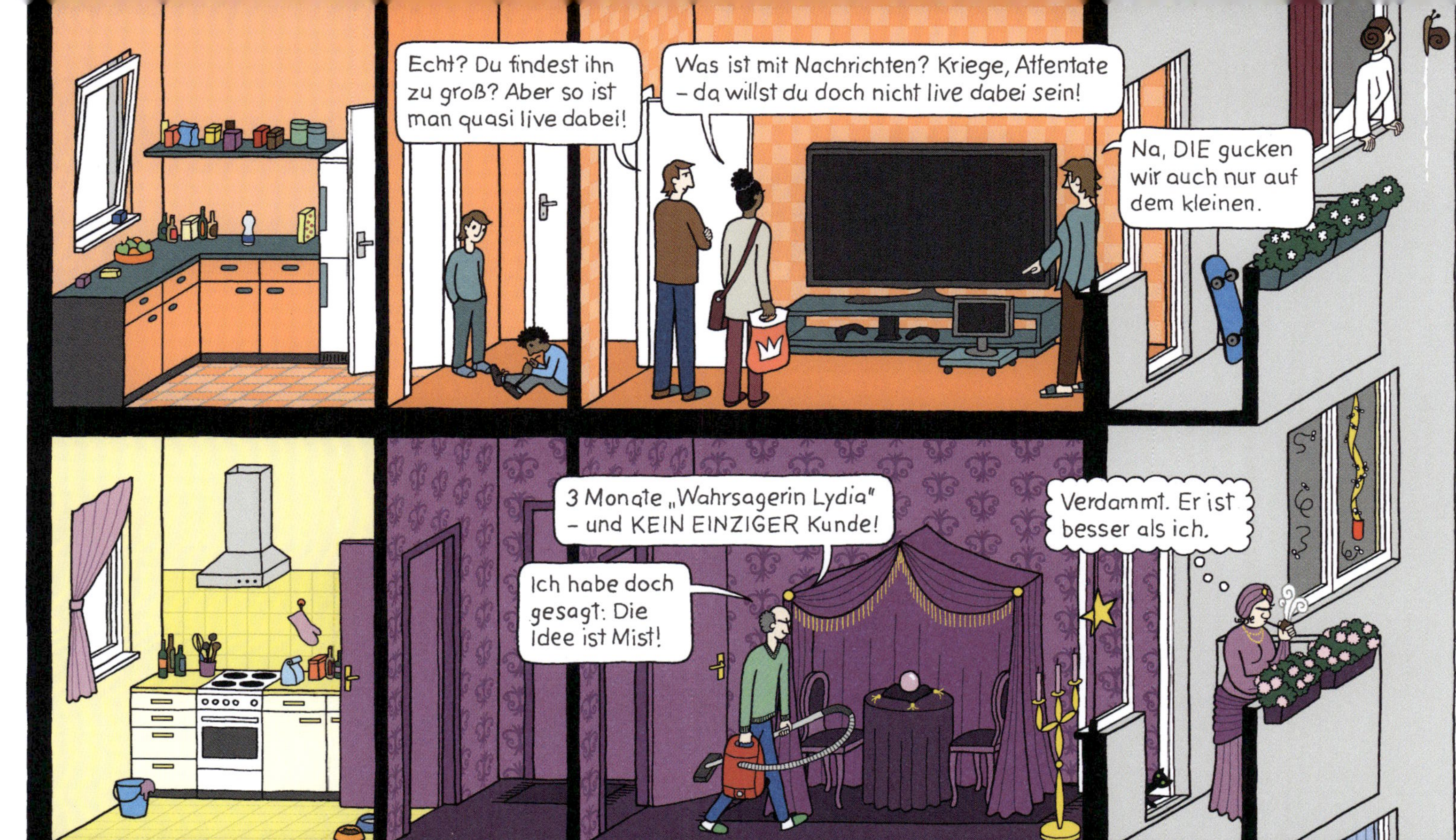
65. OG
Echt? Du findest ihn zu groß? Aber so ist man quasi live dabei!
Was ist mit Nachrichten? Kriege, Attentate – da willst du doch nicht live dabei sein!
Na, DIE gucken wir auch nur auf dem kleinen.
64. OG
3 Monate „Wahrsagerin Lydia" – und KEIN EINZIGER Kunde!
Ich habe doch gesagt: Die Idee ist Mist!
Verdammt. Er ist besser als ich.

67. OG

Postfaktische Ära, Fake News, Trumpismus – wie soll ich diese Welt irgendwann meinem Ole erklären?
Lüg ihn an.
Happy birthday to you, happy birthday to you, happy birthday, dear Marcus, happy birthday to you!
DAS hast DU gerade für MICH komponiert? Das gibt es aber schon!
Du hast doch an allem was zu meckern!!!

66. OG

69. OG

So, alles bereit für unseren Mittelalter-Spieleabend. Jetzt fehlt nur noch Maja.

Die ist noch bei diesem alten Knacker im 57.

Na, dann ist sie ja schon voll in-game.

68. OG

Home exchange – I love it!

Oh, and we're also supposed to take care of Grandma Gerti.

That's a funny name for a pet!

71. OG
Und das ist mein WAHNzimmer.
Irgendwie ... zeitgemäß.
70. OG
Papi, WARUM zauberst du die bösen Nazis nicht einfach weg?
KANNST oder WILLST du nicht???
Mist! Das ist wirklich mal eine Lose-lose-Situation!
Mr. Mike
MAGIC!
Mr. Mike
... wieder Anschlag auf Flüchtlingsheim ...

73. OG

72. OG

GIB ES ZU! DU HAST EINE AFFÄRE MIT DIESER BLONDINE AUS DEM 77.!
WO IST DIE SCHLAMPE?
Kein Wunder, dass er sie betrügt – so phantasielos, wie sie ist.
ICH WILL ABER KEINE KLAVIERSTUNDEN UNTEN BEI FRAU SPIESS!
ICH WILL EIN PONY!!!
Bäng
Sieh es doch ein: Du kannst unseren Gästen hier schließlich nichts vorREITEN.

75. OG

74. OG

PAPA! Finn blockiert jetzt schon seit einer HALBEN STUNDE das Bad!
UND ICH MUSS MAL!
Notiz fürs nächste Leben: Nie mehr Kinder zeugen, als man Badezimmer hat.
Wundert mich nicht, dass deine männlichen Kollegen mehr Gehalt bekommen.
Frauen verdienen im Schnitt ungefähr 21 % weniger als Männer!
AHA! DAS erklärt auch, warum wir bei gleicher Qualifikation bevorzugt werden!!!

77. OG

76. OG

WAS?!? Das Krankenhaus will dich nicht mehr, weil du zu teuer bist?
Aber Lachen ist doch die beste Medizin!!!
Der Chef meinte, dafür gibt's bestimmt Generika.
BUHUHU! Du bist immer so gemein zu mir! Nur weil ich ein wenig pummelig bin!
BUHUHU! Ich glaube, ich bringe mich um!
Na, das wird dann ja ein Massenselbstmord.
Pils

79. OG
Wollen wir es nicht doch noch mal miteinander versuchen?
Wegen der Kinder?
SPINNST DU?!? Der ganze Pack-Stress umsonst?!?
78. OG
Nein, nein, Kinder! Eure Eltern lassen sich bestimmt nicht wegen EUCH scheiden!
Die Großen trauen uns einfach GAR NICHTS zu!

81. OG
ECHT?!? Diese Psychiaterin aus deinem Haus, in die du verknallt bist, hat dir einen Brief geschrieben? Wie romantisch!!!
Naja, ist 'ne Rechnung.
80. OG
Vati sagt, dass unsere Familie eine Demokratie ist.
Dann darf ich ja wohl sagen, dass ich sie für eine Diktatur halte!!!
Pssst! Sonst entzieht er uns das Versamm-lungsrecht in der Küche!

83. OG

82. OG

MUSS deine Mutter eigentlich immer bei uns herumsitzen?
Ich bin DEINE Mutter!
Tock Tock Tock
Düdeldü Düdeldü Düdeldü
Pling Pling Pling
Ring Ring Ring
Surrr Surrr Surrrr
Man muss es einfach als moderne Musik begreifen!

85. OG

84. OG

Mutter! Du PUTZT die Praxis von dieser Psycho-Tante, zu der du wegen deines Putzfimmels gehst?!?
GRATIS?!?
Naja, sie nennt es homöopathische Psychologie: Gleiches mit Gleichem bekämpfen.
Wenn ich nicht sofort ECHTE WÜRSTCHEN bekomme, werfe ich alle eure Vegan-Kochbücher aus dem Fenster!!!
Komm mal schnell!
Wir haben einen Erpressungstrojaner auf der Arbeitsplatte.

87. OG

Mami, darf ich unten bei Frau Spieß Klavier lernen? Ich möchte so gern Musik machen.
Warum? CDs können das doch viel besser.
Dubel
Du hast die BILD gekauft? Gleich stapelweise? Wieso DAS denn?!?
Meine gute Tat für heute: Habe mindestens hundert Leser vor diesem bigotten Hetzblatt bewahrt.

86. OG

89. OG

… Geflüchtete im Mittelmeer ertrunken …

Warum der liebe Gott so viel Leid zulässt?

Äh, ja, er hat uns auch einen freien Willen gegeben …

Die Menschen ertrinken also FREIWILLIG?!?

88. OG

Gerade fällt mir auf: Unser Wohnzimmer sieht genau so aus wie deine Praxis!

Möchtest du darüber sprechen?

91. OG

Haha! Diese Spinner denken wirklich, wir sind von der CIA!

Es stimmt also: Paranoid zu sein, heißt noch lange nicht, dass man nicht überwacht wird.

90. OG

Hab' gerade den Hausmeister dran und ihm gesagt, dass die CIA das Kellerlicht manipuliert hat, um uns zu zermürben.

BIST DU WAHNSINNIG?!? Der steckt mit denen unter einer Decke! Genau wie die Bertrams von oben!

Meine Eltern? Völlig durchgedreht! Da sieht man, was die anrichten, diese Chemtrails!

93. OG

92. OG

Europa bricht auseinander – und du willst dich mit mir über die BUNDESLIGA unterhalten?!?
Dann eben über die Champions League …
Du schickst mir eine RECHNUNG?!? Aber das ist UNSERE Wohnung!
Ach! In dieser Farbe habe ich sie gar nicht erkannt.

95. OG

94. OG

Hab' gerade Maren und Rolf aus dem 97. im Lift getroffen.
20 Jahre verheiratet – und immer noch verliebt. Wie machen die das?!?
Die reden miteinander.
Warum, um Himmels willen, bist du nur in diese ... Bruchbude gezogen?!?
Hach, hier wirke ich einfach NOCH reicher!

97. OG

Was meinst du, Maren? Ich sollte mal abnehmen, oder?
Auf keinen Fall! Du machst mich schlank!
Leute, ich glaube, der Verfassungsschutz ist hinter uns her.
FIGHT RACISM
Ich sag's doch: Wenn wir unsere Ruhe haben wollen, müssen wir uns als Nazis tarnen!
Tür an Tür mit Alice
Pils

96. OG

99. OG

98. OG

Mutter, ich MUSS das den Menschen da draußen verkünden!!!
DAS ENDE IST NAH
Aber ist die Welt eine Komödie oder eine Tragödie – das ist hier die Frage.
VERDAMMT!!! Doch noch kein Feierabend!
Muss das Licht im Keller reparieren.
Hihihi. Bis er das durchgeknipste Kabel gefunden hat, gehört die Playstation mir allein!
RATATATA
Bitte keine Reklame einwerfen !!!

Herzlich bedanke ich mich bei der VG Bild-Kunst, Gottfried Gusenbauer und dem Team des Karikaturmuseums Krems, dem Team von AIR–ARTIST IN RESIDENCE Niederösterreich, dem Comicsalon Erlangen und der Jury des Max und Moritz-Preises für die Unterstützung des Bauprojektes.

K.G.

DAS HOCHHAUS
Text & Zeichnungen: Katharina Greve
ISBN: 978-3-945034-71-2

Herstellung: Thomas Gilke
Herausgeber: Johann Ulrich

DAS HOCHHAUS digital: www.das-hochhaus.de

avant-verlag | Weichselplatz 3-4 | 12045 Berlin
info@avant-verlag.de

Mehr Informationen & kostenlose Leseproben zu allen unseren Büchern finden Sie online:
www.avant-verlag.de
www.facebook.com/avant-verlag

Ja, sie sind noch im Keller.
Oha, wie der sie anpflaumt! Bei denen kriselt es wohl gewaltig.
Hehehe! Wenn ich hier fertig bin, müssen die sich keine Gedanken mehr über die Gütertrennung machen!
DG

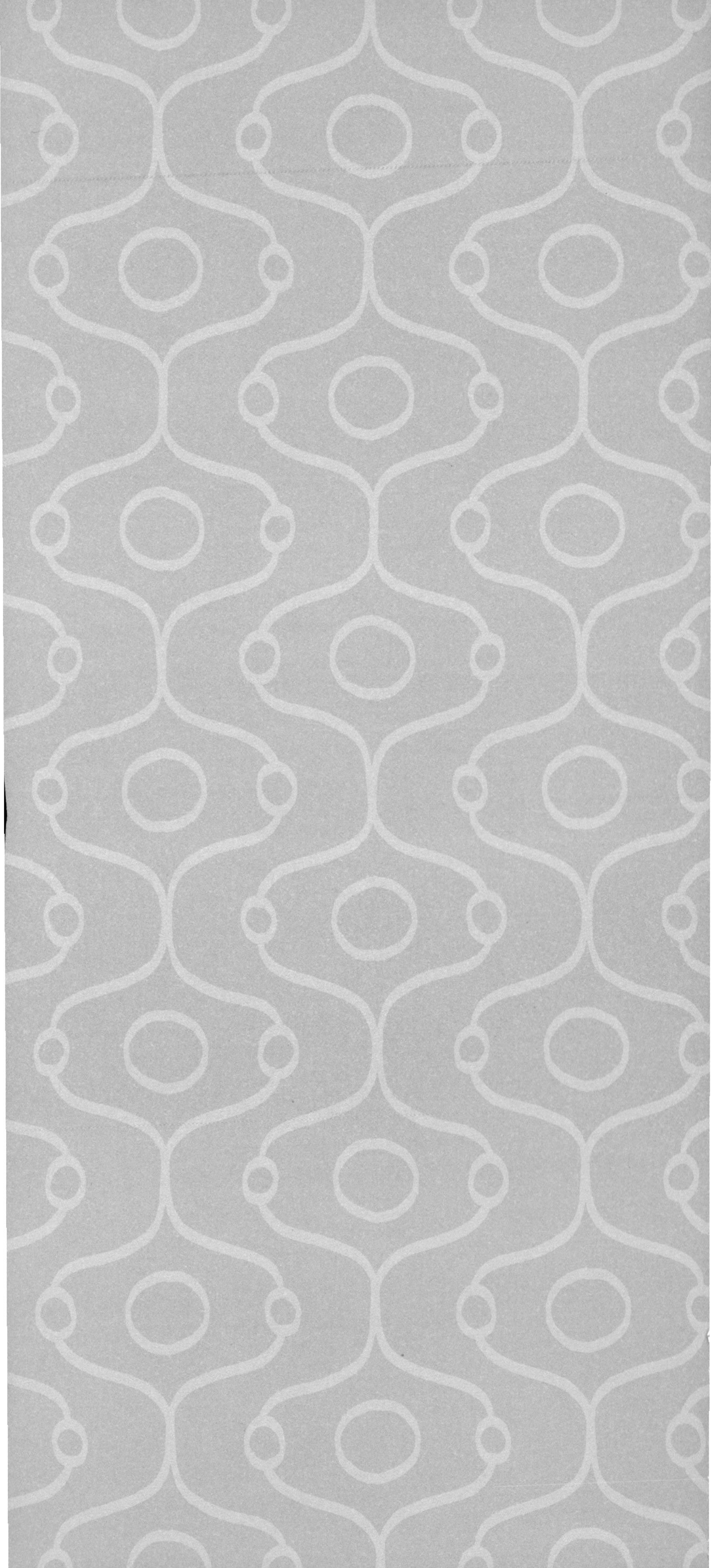